[法]
西蒙娜·德·波伏瓦
著

沈珂
译

O
青春手记

上海译文出版社

SIMONE DE BEAUVOIR

Cahiers de jeunesse 1926-1930

图字：09-2023-1186 号

图书在版编目(CIP)数据

青春手记 / （法）西蒙娜・德・波伏瓦著；沈珂译.
上海 ：上海译文出版社，2024. 11. -- ISBN 978-7
-5327-9615-1

Ⅰ. I565.65

中国国家版本馆 CIP 数据核字第 2024TQ522 号

青春手记

Cahiers de jeunesse 1926-1930

SIMONE DE BEAUVOIR
西蒙娜・德・波伏瓦　著
沈　珂　译

策划编辑　周　冉
责任编辑　缪伶超
装帧设计　董茹嘉

上海译文出版社有限公司出版、发行
网址：www.yiwen.com.cn
201101　上海市闵行区号景路 159 弄 B 座
苏州市越洋印刷有限公司印刷

开本 890×1240　1/32　印张 36.25　插页 18　字数 598,000
2024 年 11 月第 1 版　2024 年 11 月第 1 次印刷

ISBN 978-7-5327-9615-1
定价：238.00 元

O

Cahiers de jeunesse

1926-1930

Simone de Beauvoir

西蒙娜·德·波伏瓦的“前世”

海狸的诞生

-01-

Simone de Beauvoir, l'année de son entrée à la Sorbonne

(1925-1926)

西蒙娜 · 德 · 波伏瓦，拍摄于入学索邦大学当年

（1925—1926）

-02-

Simone de Beauvoir (à gauche), son père et sa soeur, La Grillère

(4 septembre 1926)

西蒙娜·德·波伏瓦（左），她的父亲和妹妹，拍摄于格里埃尔

（1926年9月4日）

做我自己，我愿意开始这伟大的历险。

1929 年 7 月 21 日

为什么写日记？为了不被放逐，西蒙娜·德·波伏瓦如是答。每每遭到放逐，每每人生发生断裂，她都需要求助日记。当一九二六年“甜美的出生困惑”[1]消散的时候，当一九三九年幸福被战争打碎的时候，当一九五八年阿尔及利亚的悲剧让她与同胞渐行渐远的时候，她都选择了写日记。每一次，都是一种放逐：孩童时代的终结、与“前世”生活的割裂、介入民族运动中。在文学创作之中或创作之外，尤其是在与自我的对话中，一颗孤独的灵魂挣扎着，因危急情况之下的动荡和紧迫难以平静。长久的危难催生了这些文字，必须找回自我，否则便会堕入自我迷失的深渊。

西蒙娜·德·波伏瓦于十八至二十二岁间写下了这部《青春手记》，向我们娓娓道来她最初被放逐的体验。“我觉得自己的人生刚刚出现了一个决定性的断裂……我开始记日记。”[2]这是一次最根本的体验，或者说最原初的体验，因为一九二六年“西蒙娜·德·波伏瓦”尚未存在。确实有个名叫“西蒙娜·德·波伏瓦”的人，但并不是真正意义上的“西蒙娜·德·波伏瓦”。真正的波伏瓦是一个自己构建自我的存在，是不断变成的人，我们在一页页的阅读中，一天天的流逝中，才看到一个鲜明个体的显现，从家谱上被命名为“西蒙娜”·贝特朗·德·波伏瓦的那个人变成了我们所认识的西蒙娜·德·波伏瓦，即大家口中的“海狸”。若一种在既定处境中自我规划、自我尝试、自我选择的主体性是在毫无准备和预设的情况下形成的，那么我们确实有幸能够见证这一独特的塑造过程，这样活生生的例子少之又少。五年间，她的内心摇摆起伏，却建构起了创作的自由，或纯粹地虚构一些新鲜的素材，或重新思考那些发生过的情境并

1. 语出让·热内（Jean Genet, 1910—1986），法国当代著名小说家、剧作家、诗人、评论家、社会活动家。——原注

2. 引自波伏瓦回忆录第一卷《一个规矩女孩的回忆》（罗国林译，上海译文出版社，2022 年。——编者按）。——原注

对它们作出合理的解释，而其目的便是为了完成一件独一无二的作品：她自己。西蒙娜·德·波伏瓦致力自我构建的方式，既不源于继承，也非演进，而是一种变革。但凡她要接受一条约定俗成的规则，都会首先尝试打破它。但凡她认为自己有理，都会先思考与自己相反的观点。这样的苛求并不多见，而对于一个女人而言，更是障碍重重，举步维艰。不过，即便一开始已形成这样的习惯，她看待“存在”这一问题，也不是站在女性的立场，而是站在个体的立场，“我是作为个人试图解决这个问题的。女性主义，性别斗争在那时候对我而言没有任何意义。”[1]她这样说。这一表述，至关重要。也就是说，男人也完全可以宣称：“做我自己，我愿意开始这伟大的历险。”[2]“我”涵盖了作为女人的事实，

1. 引自波伏瓦回忆录第二卷《岁月的力量》（黄荭、罗国林译，上海译文出版社，2023 年。——编者按）。——原注
2. 未标明出处的引述均出自西蒙娜·德·波伏瓦的《青春手记》。——原注

但并不仅限于此。西蒙娜·德·波伏瓦作出了决定其存在的所有根本性选择，我们见证了这一切，因此可以说，波伏瓦创造了自我，发明了自我，而每一个人都能够而且应该这样做。

波伏瓦引领我们在这场充满偶然和不安的冒险中前行。当我们读到一部小说、一份忏悔的时候，通常一切都已过去许久——但这部作品，不是。一切都还是滚烫的，赌局尚未结束，输赢也未可知。“我赌上的可是我的全部。”写下这句话的女孩并不知道故事将如何发展，她摸索着，忍受着生活上的匮乏与青春期精神上的孤单，去寻找答案，去寻找出路，而所谓的答案或者出路，她又会很快提出质疑。没有任何一个瞬间或者结局是事先确定的。一切都可能走向虚无，或者更糟糕，陷入泥沼。她疲惫，她绝望，她重新出发。在她身后，时间之桥已经断裂，她脱离了过去那坚实的土壤，无法回到过去，而前方，是将来，是未知。而她又找不到一个能与她对话的人。必须赢得言说“我”的权利。萨特这句带着辩证反转意味的话真是一针见血：“只有在内心断然地否定我们被他人造就的样子，我们才能成为我们。”[1]自一九〇八年一月九日，在芸芸众生中，一个性别为女的人偶然地降临到这个世界，降临到法国巴黎，别人教她说“我”，可这是冒充，只是通过一个乖孩子的嘴巴说出这个字，而真正说话的是谁？是她的母亲，她的父亲，她的许多亲戚，她的阶层，她的时代，德西尔学校，甚至在她出生之前所有期待着她的人。孩子扮演着她的角色，而且扮演得非常好，但只是一个角色、一种仿效而已。

这个“我”是表面的，是“我”的一个幻影，却始终萦绕着微弱的光芒。从此以后，她的任务便是将纯粹形式上的第一人称单数转变为实质性的“我”，表达自我，清楚地知

1. 引自弗朗兹·法农的《大地上的受苦者》序言。——原注

道为什么自己认为有些事情是重要的，为什么会渴望那些自己渴望的，思考自己所思考的，热爱自己所热爱的，拒绝自己所拒绝的——这是一项极为艰难的任务，许多人避之唯恐不及。这个“我”将不再依赖他人，而只依靠自己。我们都明白，这是一项艰巨的任务，让许多人畏葸不前。更重要的是，我们无法给这个“我”指定一个目标，那么至少从理论上它是无限的，因为这个自我是为了自己，也依靠自己，哲学告诉我们，它像上帝一样，永远退到地平线上，它是一个难以捉摸的超越者，只要它存在，我们就永远不会把它当作一个有限的整体来拥抱它。之后……便不再是它的事，而又再次是他人的事。哦！他们无时无刻不在那里，随时随地都在，而任务是很困难的。然而，在摩拳擦掌的年轻女孩眼里，再没有比这更重要、更刺激、更光荣的任务了。她为此投入了自己所有的活力、无限的精力、对生活的热爱、她的整颗心、她的头脑，毫无保留，不遗余力，因为一旦涉及重要的事，她便不知道何为分寸。

从开始这项创举到成为女性的皮格马利翁[1]，日记成了其中不可分割的一部分。我们面前并不是一位写就了作品的作者，而是一部正在造就它作者的作品。它远远不只是一种自我的表达，一种内心的挖掘（蒙田式的“描绘”已经存在的自我），其目标是形而上的，也可以说是本体论的，是对存在、对自我、对世界、对他者的拷问。有一些日记，比如像玛利亚·巴什基尔采夫[2]的日记，每一页都映照出作者对自我的得意与迷恋，而读者是在一个完全封闭的世界里兜圈子，但是，这本手记则恰恰相反，它是一种工具，只有它有用才能证明其价值，而且作为工具必须协助工作：自我创造的自发性工作，创造未被创造之物。我们探寻未知，内心期盼着未来，我们以康德的方式

1. 希腊神话中的塞浦路斯国王，善雕刻。
2. 玛利亚·巴什基尔采夫（Marie Bashkirtseff, 1858—1884），生活在法国的俄罗斯移民，以其直言不讳的《玛利亚·巴什基尔采夫日记》闻名。

探寻一种有价值的存在的“可能性条件”，而非一种知识的“可能性条件”。带着恐惧和忐忑：或许我们永远无法找到？或许，我们会筋疲力尽，半途而废？或许道路的尽头空无一人？

-03-

Pique-nique à Meyrignac (8 septembre 1926).
Simone de Beauvoir est assise à gauche

在梅里尼亚克的野餐（1926年9月8日）。
西蒙娜·德·波伏瓦坐在左侧

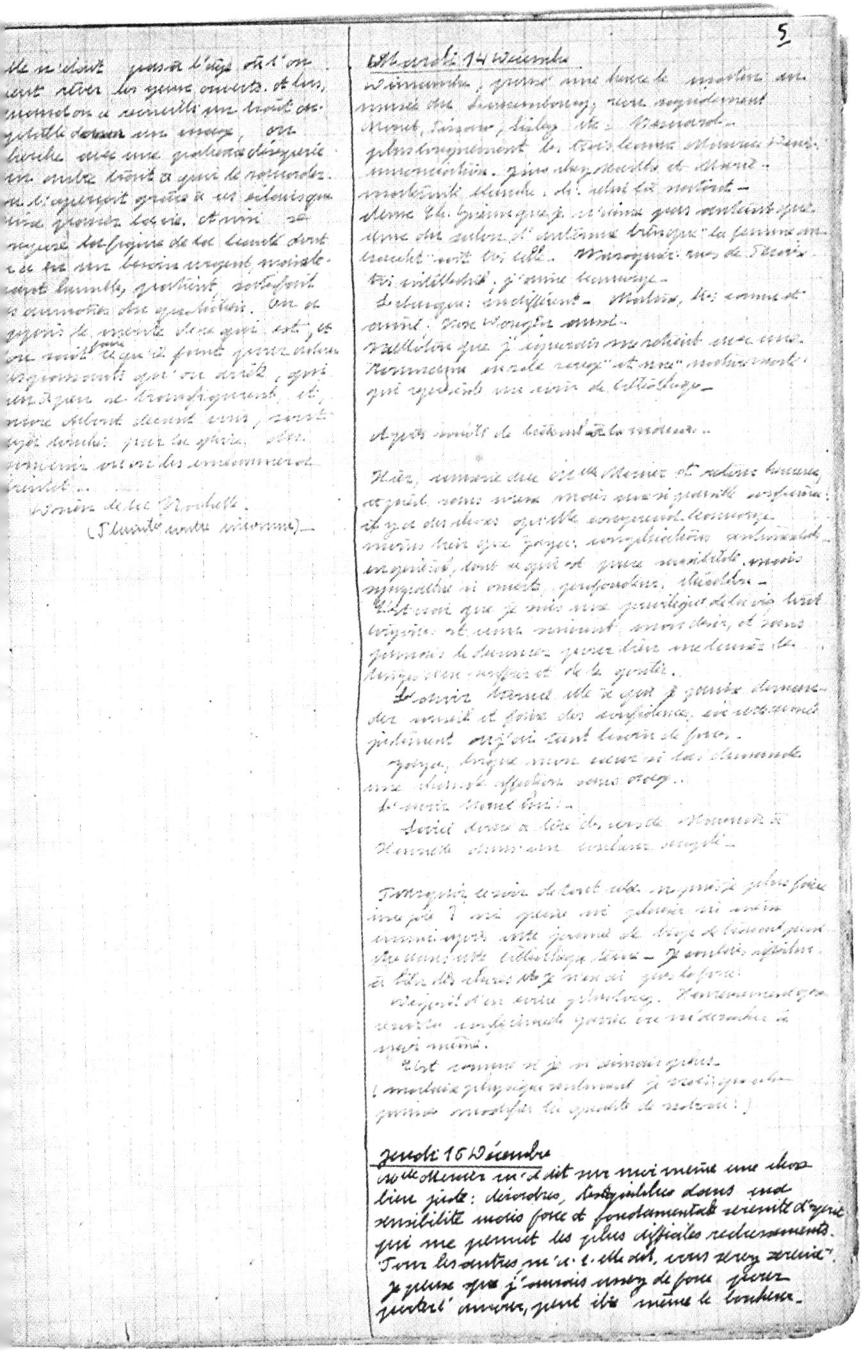

-04-

Simone de Beauvoir a dix-neuf ans (janvier 1927)

西蒙娜·德·波伏瓦，拍摄于她19岁时（1927年1月）

-05-

Deux pages du « Troisieme cahier» (decembre 1926)

《青春手记》第三卷中的两页（1926年12月）

出发

一切始于一九二五年十月。十七岁的西蒙娜·德·波伏瓦开始了在索邦大学的学习：同时修读古典文学的学士学位、普通数学的研修证明、哲学的学士学位。她的父亲希望她还能再研究法律，但她拒绝了：这门学科太过无趣。她毕业于一所天主教私立学校——德西尔学校（注意，不是欲望学校[1]），她从五岁开始便在这个安静的环境中接受基础教育，尽管扎实，但狭隘又有宗派倾向，可这些都没有阻碍她在中学毕业会考的文学科中取得优异的成绩，此后一年她在哲学和基础数学的会考中同样成绩优异。新生活开始，她心怀许多期待。然而，一切并未如她所愿。课程、同伴都让她失望，她被迫经常去天主教学院、讷伊的圣马利亚学院等一些圣地，以稀释索邦大学这所公立学校所带来的腐蚀人心的世俗性。不止如此，还有更糟糕的。她与父母的关系不复从前，家里的气氛也愈发剑拔弩张。“监牢”“囚禁”，她只能用这样的词来形容自己的处境。她的家族没落了，经历过几次经济重创（外公破产，母亲的嫁妆再无着落，一九一七年卢布贬值造成亏损，因为战争父亲事业受挫）之后，生活愈加捉襟见肘，他们从蒙帕纳斯大道搬到了雷恩街七十一号一所不太舒适的公寓里，西蒙娜甚至连一个独立的房间都没有，连一个可以安安静静、好好哭一场的角落都没有。她曾经崇拜的父亲，从小引领她阅读经典作品、督促她好好学习、成为学校里的佼佼者的父亲，如今再也不站在她这一边了，他莫名地离自己的大女儿越来越远。因为破产，他不得不接受女儿走上职业之路而非走向婚姻的现实，因为他已经无力承担女儿的嫁妆（顺便庆幸一下，二十世纪初嫁妆对年轻资产阶级女子是何等必要，这项如今已过时的婚嫁模式对西蒙娜·德·波伏瓦的命运有着怎样的影响，而经济不利又是多大的幸事），她得自谋生计，但他又是坚定的反女权者，他并不希望女儿以学习知识为目的，不再培养上流社会

1. 法语中，德西尔（Desir）学校与欲望（Désir）一词拼写近似。

所需要的优雅，这可是在沙龙里熠熠生辉的女子所必需的教养。所以，当他看到西蒙娜严肃对待学业、奋力拼搏，拒绝把时间浪费在迎合讨厌的人、应付无聊的繁文缛节上的时候，他非常气愤。而西蒙娜则认为自己的所作所为符合她所属阶层的人文理想，可到头来却惊讶地发现她的每一个想法都与父亲截然相反。她不断地被指责，受惩罚，被不公正的审判所打击，可其实她没有犯任何错。“我一直受到疼爱、关怀、器重，希望有人爱我。我的命运的严峻令我害怕。”[1]被迫放逐。为什么？为什么人们不能接受她原本的样子？西蒙娜为自己被抛弃而感到痛苦，更因为她无从知晓这种抛弃意味着什么。其实她完全误解了。那时她不理解的是，她每一次学业上的成功，为何都成了自身失败最生动的体现，让父亲既得意又恼火。他会怎么认为？他认为女儿成

1. 引自《一个规矩女孩的回忆》。——原注

了女才子，知识女性。他唾弃知识分子，认为他们是阶级的叛徒，法国人中的败类，德雷福斯的同党。成为一名知识女性，意味着抛弃自己的性别和阶级，这才是当时的西蒙娜所没有料想到的。

那她的母亲呢？对母亲，她也同样不抱任何希望。与母亲的关系无法弥补她与父亲背离所带来的伤痛。从前的亲密无间，已成过眼云烟！早在几年前，女孩便不得已地发现，她与母亲之间横亘着一道鸿沟，无法逾越。西蒙娜不得不承认自己失去了信仰（在十四岁），自此，她感觉患上了一种难以启齿的疾病。“妈妈眼睛望着上天为我的灵魂祈祷。她为我在尘世间误入歧途而唉声叹气。我们之间的一切交流都断绝了。”[1]波伏瓦夫人以拙劣的方式监视自己的女儿，事事过问，还责骂她。她以“社会习俗”为名，对女儿实行严

1. 引自《一个规矩女孩的回忆》。——原注

苛又吹毛求疵的监管，不知趣到令人生气。总之，在家里，各种矛盾不断升级：冷漠、误会、敌对。同时，这是一片荒野，孤立无援，独自一人。只有与知己、最亲爱的莎莎（伊丽莎白·拉库万）在一起时，她才能稍稍放松。莎莎是一位忠诚的信徒，因此她必须绝口不提自己放弃信仰的事，莎莎非常依恋家庭，所以她表面上也不能背离社会习俗。当时，所有这些都在消耗她们的友谊。没有任何东西可以缓解西蒙娜内心的孤独与痛苦。有时，担心被生活打败，害怕自己只是一株小草，淹没在芸芸众生中，谁也认不出，此种焦虑吞噬着她。

这便是当时的情况，而当首次重建辩证逻辑后，自由开始觉醒，开始投入战斗。被抛弃、被驱逐的人也抛弃了抛弃她的人。巴雷斯帮助被放逐的女孩认清了敌人，他让她了解，“自由人”必定会激起“野蛮人”的仇恨，而自由人的职责就在于坚守阵地。她再也不会沉浸在不幸与痛苦中，而是真正地开始战斗。内心的斗争与外部的斗争，她付诸行动。与此同时，她开始写日记，价值发生了逆转，被动变成了主动，消极变成了积极，怨怼变成了反抗，（对野蛮人的）怜悯变成了愤怒。那些敌对的眼光丑化她，将她变成了魔鬼？她以强硬的姿态对这些将她妖魔化的做法嗤之以鼻：她将成为也自愿成为一名知识女性，而不是女才子，知识女性，多么闪亮的字眼，高贵的名号，她为此而骄傲。她被指责过于刻板寡淡？她在禁欲中获得自由，全身心地投入学习。对现状的被动接受内化成了骄傲的自我选择。出众的智慧让她格格不入，她的与众不同让别人对她避之唯恐不及，但她愿意保有这份与众不同，并使其成为自己重生的武器，既是优越感的象征也是被排斥的标志，她以此为使命。

你们将要读到她的日记，是她用钢笔在一本本硬皮练习本上写成的，硬皮本是在拉丁区屹立不倒的吉贝尔文具店买的，她把日记编了号，第二到第七卷（第一卷已遗失）。有时她会在里面插入几张双面的大纸。她的字通常很小（为了防备母亲的偷窥？），总被指责说每个词写得太像，无论是在利穆赞、梅里尼亚克还是格里埃尔，那支她用了许久、已然破损的普通钢笔，断断续续地在本子上留下淡到马上就要消失的笔迹。本子的右半页写了日记，左半页是引言、摘录和之后重新添加的评论。我们时不时地会在日记里看到蓝黑墨水画的直线[1]，这些段落都是作者标记出来、为写《一个规矩女孩的回忆》作准备用的。令人动容，那是三十年之后的事了……

1. 在中译本中以在文字下面加着重号的形式出现。——编者注

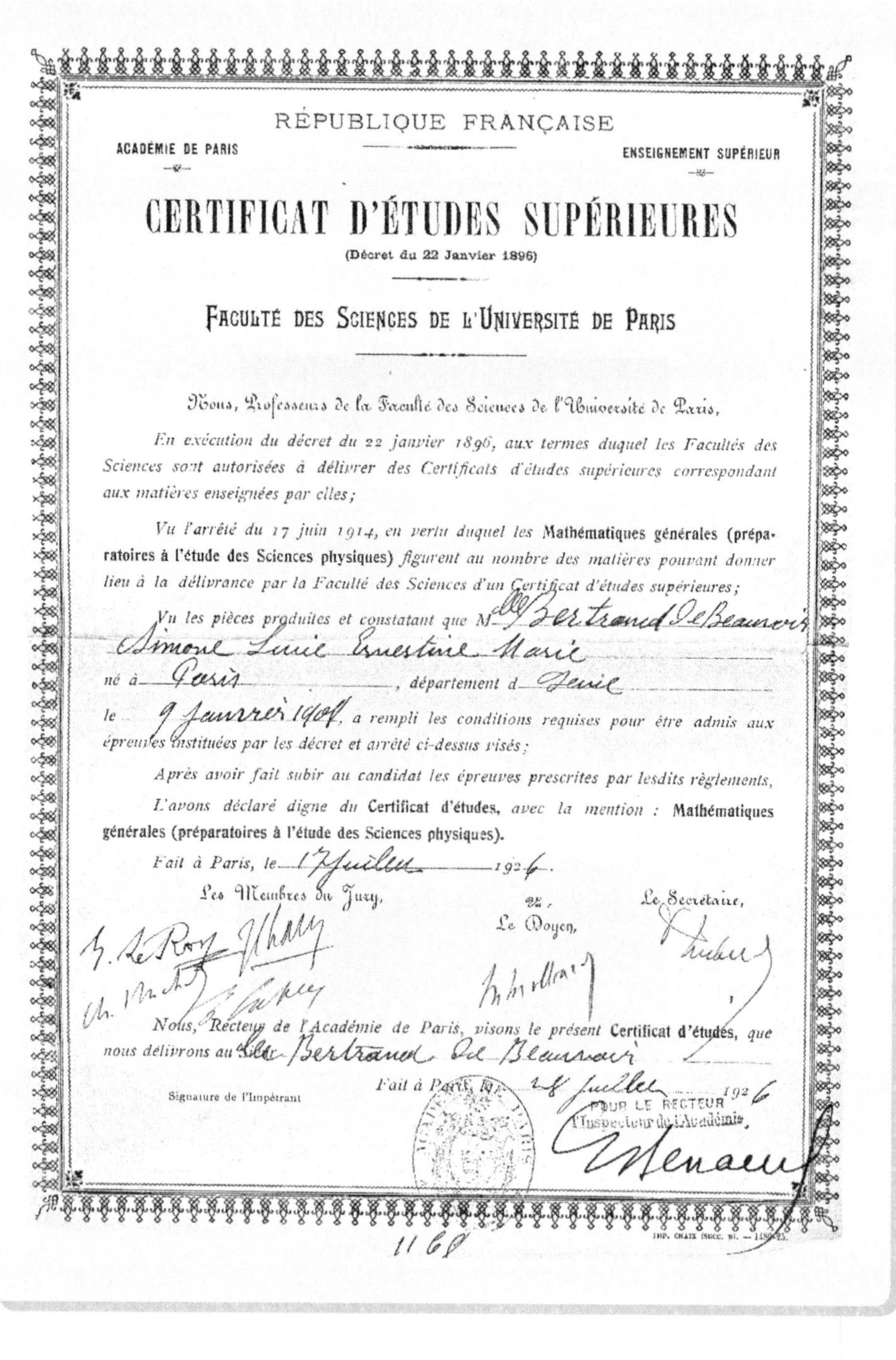

RÉPUBLIQUE FRANÇAISE

ACADÉMIE DE PARIS

ENSEIGNEMENT SUPÉRIEUR

CERTIFICAT D'ÉTUDES SUPÉRIEURES

(Décret du 22 Janvier 1896)

FACULTÉ DES SCIENCES DE L'UNIVERSITÉ DE PARIS

Nous, Professeurs de la Faculté des Sciences de l'Université de Paris,

En exécution du décret du 22 janvier 1896, aux termes duquel les Facultés des Sciences sont autorisées à délivrer des Certificats d'études supérieures correspondant aux matières enseignées par elles;

Vu l'arrêté du 17 juin 1914, en vertu duquel les **Mathématiques générales (préparatoires à l'étude des Sciences physiques)** *figurent au nombre des matières pouvant donner lieu à la délivrance par la Faculté des Sciences d'un Certificat d'études supérieures;*

*Vu les pièces produites et constatant que M*lle *Bertrand de Beauvoir Simone Lucie Ernestine Marie*

né à Paris, *département d*e Seine

le 9 janvier 1908, *a rempli les conditions requises pour être admis aux épreuves instituées par les décret et arrêté ci-dessus visés;*

Après avoir fait subir au candidat les épreuves prescrites par lesdits règlements,

L'avons déclaré digne du **Certificat d'études,** *avec la mention :* **Mathématiques générales (préparatoires à l'étude des Sciences physiques).**

Fait à Paris, le 17 juillet 1926.

Les Membres du Jury,

Le Doyen,

Le Secrétaire,

Nous, Recteur de l'Académie de Paris, visons le présent **Certificat d'études,** *que nous délivrons au* Mlle Bertrand de Beauvoir

Fait à Paris, le 28 juillet 1926

Signature de l'Impétrant

POUR LE RECTEUR
l'Inspecteur de l'Académie,

1160

IMP. CHAIX

-06-
Certificat de mathématiques
générales(28 juillet 1926)
-07-
Stépha Avdicovitch (à gauche) et
Simone de Beauvoir(1928)

06
高等教育普通数学考试合格证书（1926年7月28日）
07
斯蒂法·阿夫迪科维奇（左）与西蒙娜·德·波伏瓦（1928年）

智慧

在我们即将读到的这部自我创作中，首先必须追问的是，智慧这一作者品质出众的武器到底有多重要。她的智慧——再加上她高强度工作的能力——让她轻而易举地获得成功，短短三年，七张学士文凭，普通哲学考试打败梅洛-庞蒂，教师资格考试紧追萨特（萨特第一名，她第二），而萨特有早她三年备考的优势。是否应当将这些视为天资过人的表现？我认为，或许不对，因为在这位出色的学生身上，智慧从不应与她整个人割裂开。她感情丰富，甚至欲念强烈，特别容易激动，敏感、冲动、多情，同时又有聪明的头脑，这些形成了一个有机的整体。有时当她感到自己的大脑能完美地契合需要，便会表现出一种类似运动后的狂喜，因为此时的大脑如同经过长期训练的肌肉，灵活又迅速，同时又总能激发出尚未发现的潜能。不过她也不会纯粹为了炫耀自己的抽象思维能力，而随意地考验自己的大脑。于是瞬间形成了这种“奴役的”能力，它用于完成某种行动，构建自我、自主性的行动，这种智慧在她自我的每一个侧面都有所展现，也在塑造自我的过程中发挥作用。她享受智力带给她的成就，并不是为了实现父亲别有用心的期望，即成为像依瑙迪那样的计算奇才。依瑙迪这个意大利人天赋异禀，记忆力超群，心算能力更是无人能敌。并非如此，她并没有把这当作一种天赐的“天资”，而只是一种探索的方法和能力，利用这种聪慧、敏捷让学习生涯比较顺利。她反应快，理解力强，当然是好事，这样的能力成为支撑她成就伟业的基础：（重新）成为自我。她敢于舍弃一切，不畏从头再来，不接受任何一种在她看来不合理的价值观，对一切怀着某种笛卡儿般的怀疑态度，不接受任何一种靠自己的理性无法看透的真理。

她赋予学习的意义便源于这种立场和态度。她“学习”，不是单纯地为了完成职业培训，也不是单单为了“增长学识”，她经历着一个又一个的自我创构过程。“我刚读了几本睿智的好书，**它们改变了我**[1]”，她记录道，一百本书

1.《前言》中所有强调都为笔者所加。——原注

总有一本会出现类似的情况。课前、课中、课后，她反复思考着她所听到的、读到的，她不断地将新鲜的知识化为己有，她不会区分学习和其他的时间，而是会持续地掌握知识和思想，把它们翻过来转过去，提出疑问，作出评价，或化为已有，或完全抛弃。无论是读哪位作家，希腊语的、拉丁语的、法语的、英语的，哲学的、写诗的、写小说的、写戏剧的，还是逛画展、花园，看电影，她都能从中汲取营养。她生活，她思考——这两件事是同一的——她继续着自我追寻。这一切都与她相关，这一切都在等待她，让人陶醉、让人疯狂。因此，我们无需感到惊讶，这位新入门的学子一下子与柏格森、康德、尼采平等对话，她曾如饥似渴地阅读这些哲学大师的论述。他们不再是考纲上的作者，而是可以与她对话的人，可以或多或少为她解惑的人。“智性上的愉悦真是太美妙了，要是懂得将智慧与生活联系在一起的话。”

在她看来，没有任何一本书是她不能读的、对她来说太难或无法理解的，她不仅可以啃下最难读的论著，从第一个字母到最后一个字母，这些简直是懒汉或是胆小鬼的噩梦（尤其是一些女大学生，她的同辈人），而且她也丝毫不讳言，柏拉图、爱比克泰德、莱布尼茨、康德的思想竟然与她不谋而合。她在这样的氛围中感受到了自在的气息。“智性的沉醉……”“我花两小时读了一本书”“用理性去理解是一种快感”“自我陶醉的思想……广博、深刻”。学业并没有对她的生活造成限制，是她的生活容纳了学业。因此，她从不区分什么是计划中的阅读，什么是计划外的阅读，所有落到她手里的书，她都绝不会错过。令人震惊的是，这位女大学生知晓所有的出版物：小说、诗歌、随笔、戏剧、先锋杂志，所有的一切。到阿德丽安娜·莫尼埃的借阅书架上洗劫一空，站在皮卡德书店里疯狂地阅读，拉丁区的多家图书馆都是她的心爱之地，大部分时候是借，有时会买，很少，她没钱。“读这句话的时候，我确切地明白了我之前的猜想……**这句话走进了我的生活。**”每一本书都带来了一段生动且亲密的经历。她坚决地选择了自己的阵营：知识分子的阵营，对抗持正统观念的人，从此，她进入了“这个所有追求真理的睿智之上跨越时空达到心意相通的社会。我也参与了人类为求知、理解和自我表达所做的努力，投入了一项伟大的集体事业，永远摆脱了孤独”[1]。

临近一九二八年三月时，西蒙娜做出了一个重大决定：她要再和父母在一起住两年，这不是件开心的事，可为什么不加快速度呢，一年时间同时完成毕业论文[2]和准备教师资格考试？没有人会冒险这么做，但也不是不允许，所以还是有可能做到的。因为“西蒙娜有一个男人的头脑”[3]，她父亲坦言，她通过这种去情结化的性别转换，与黑格尔、哥白尼和亚里士多德站在了一起……这是为命运助一臂之力啊！因为父亲，她才能提前一年，与萨特参加了同一场考试，而

1. 引自《一个规矩女孩的回忆》。——原注
2. 相当于现在的硕士学位。——原注
3. 引自《一个规矩女孩的回忆》。——原注

萨特在前一年的考试中遭遇了失败。确实在这里，还有在她一生中别的一些机遇，都让我们感受到偶然之翼轻轻掠过。过去三年，西蒙娜一直在时间的迷宫里打转，这一刻终于爆发了：彻底获得自由的未来就在前方，时间向前冲去，每一分钟都要好好利用。

朋友

“海狸成群出行。它们具有建设的头脑。”她的朋友勒内·马厄在她的笔记本上这样写道，以此说明为何他给她取了这个外号，是根据她的姓氏：“BEAUVOIR＝BEAVER”。这两个特征一目了然。如果说和父母生活在一起，从身体上说缺少独处的空间让她不悦，那么精神上的孤寂同样令她难过，甚至于她是一种折磨。她无意当社交界的红人，但她喜爱与人打交道，也笃信友谊。在她身边，相熟的人、同学、朋友不断地出现，不断地离开。她的热情来得快，去得也快，她的一时兴起大多无疾而终。德西尔学校的那些同学就不提了。新朋友中，米歇尔·蓬特雷莫利，让·米盖尔，若尔热特·列维，起初看起来前景美好，可短短几个月，她就对他们厌烦了——总之，像走马灯。这就是因为她对友情有着最高级的定义：她乐于付出，也要得到很多。但其中有四个名字贯穿着她的整个存在：斯蒂法、梅洛-庞蒂、马厄、莎莎。

在加涅潘小住的时候，她认识了斯蒂法·阿夫迪科维奇，加涅潘是拉库万家族在朗德的房产，而斯蒂法是家里几个孩子的家庭教师。斯蒂法学习上吊儿郎当，浅尝辄止。她在国家图书馆最重要的任务就是发挥“永恒的女性气质”，调戏来自各个国家的学生，像拿着块调色板似的：德国的、捷克的、匈牙利的，接二连三。她活泼可爱、魅力四射、妩媚动人、热衷打扮，如同一束光照亮了正在准备教师资格考试的西蒙娜那难熬的秋日，而她也看穿了这位迷人的波兰姑娘的性格，也看清了她缺少内涵。有什么关系！斯蒂法是个好伙伴，她们互相邀约到蒙帕纳斯的酒吧，度过了几个放浪的夜晚。显然，西蒙娜对这一柔媚少女的友情有些不同一般，从某种意义上说是一种掺杂着“爱”的友情，在她们的关系中，她觉得自己充满女人味，并为之乐此不疲，但她从主体性限制中超脱出来，一点一点地获得了阳刚之气。在斯蒂法面前，很神奇地，她的情绪把她变成了一个陷入爱情的男人，或是渴望实实在在地爱一个女人的男人，不顾尊严，也没有道德的约束。恐怕这样的厚颜无耻与她自己的爱情观形成了最鲜明的对立，但能把自己抽离出来，怀着些许不安在自己身上注入一种陌生的意识，并从内部去探索它，这难道不是小说创作所渴望达成的目标吗？同时，这也是她的性情，她的“习惯”，多年后的一九四七年，她在给纳尔逊·阿尔格伦的信中写道：“我想要一切，成为一切，不仅是女人，也同时是男人……”斯蒂法于一九二九年与画家费尔南多·热拉西结婚后，移民美国。一九八三年，西蒙娜·德·波伏瓦在佛蒙特州最后一次见到她。

一九二七年开始，莫里斯·梅洛-庞蒂成了她的挚友，是她“活生生的良知”。他们一起在索邦大学和巴黎高师上哲学课，一起在卢森堡公园热烈地讨论。终于找到了与自己相当又不是在故纸堆中的人可以与她对话！西蒙娜非常喜欢他，欣赏他厚重的智慧，严谨的态度，这完全符合她的期待，是和她一样的知识分子。他们频繁通信。哦！当然，他们之间的和谐很快出现了裂痕：他是那么冷静，那么理性，这个莫里斯！“他没有哪怕一点点的疯狂，要疯狂才能吸引我。”她不无遗憾地写道。在这位稳重的年轻人眼里，他朋友的所有反应都太“夸张”了。她对待一切都走极端，充满激情，感情浓烈甚至很尖刻，她如此激进，当然会对毫无激

-08-

Simone de Beauvoir à Meyrignac (août 1928)

-09-

Simone de Beauvoir à droite avec Zaza à Gagnepan (Septembre 1928)

08

西蒙娜 · 德 · 波伏瓦，拍摄于梅里尼亚克（1928年8月）

09

西蒙娜 · 德 · 波伏瓦（右）与莎莎，拍摄于加涅潘（1928年9月）

情的人感到气愤。“他认为，幸福与不幸，信教与不信教，任何一种感情与没有这种感情之间，几乎没有什么距离。我则狂热地持相反的看法。”[1]他们之间这一巨大的差异将会变得愈加尖锐。后来梅洛–庞蒂去了索莱姆修道院，重新皈依天主教，西蒙娜感到巨大的失望。而莎莎悲惨的离世让二人彻底分道扬镳。此后梅洛–庞蒂远离了西蒙娜的生活和内心情感，直至他在法国解放时回归，一起创办《现代》杂志。

勒内·马厄非常不同，他外号拉马，是萨特在巴黎高师的同学。我们看到，西蒙娜·德·波伏瓦的命运再次改变了方向。在与马厄的交往中，她不仅抓住机会，还创造机会，尽力争取机会。她终其一生都在展示自己在激发偶然性上的天分。请注意，她是如何使他们的第一次相遇在国家图书馆发生的，而当时她正在为康德的作品做注释：现行犯啊，海狸！他们之间萌生了一种纯洁温柔的情愫，是友情也是爱情，第一次，她的内心在面对一个男人时被肉欲的红光所照

1. 引自《一个规矩女孩的回忆》。——原注

亮。她惊讶又入迷，全身心投入，体验到身为女人意味着什么！马厄是“人类之子”，但他完全不是天使，他吸引她，因为他是第一个（还有斯蒂法）把她当作有血有肉的人来对待的人，而不是当作单纯的一个灵魂或者头脑。然而，她已经厌倦了别人对她的恭敬、严肃和疏离。马厄会把手搭在她的手臂上，友善地拿她开玩笑，他接受她的所有，接受她原本的样子，不仅仅是她的思想，还有她的声音、短发、领饰，甚至她一些自己都没注意到的小动作，这些小动作却比她的某些思想更能表达她自己。这样一个人让她着迷。毫无疑问，如果马厄引诱她，她一定会接受他。但这是不可能的，不仅因为他已婚，不想节外生枝（他的妻子很容易吃醋），而且他是一个真诚、重视节操的资产阶级青年。他恳切地劝她结婚。一九二九年九月写下的话就是力证，明确、清晰：友情，从过去到现在、再到将来会一直持续，仅此而已。这个句号画得干脆，也有必要，西蒙娜·德·波伏瓦之后被问及此事时，总是肯定地表示她与马厄从未发生过性关系。而且她没有理由歪曲事实。有些人可能会毫不犹豫地这么做，扭曲事实，而不是放弃幻想。这样一来，以讹传讹，添油加醋，一本所谓的传记便横空出世了！

毫无疑问，在智力上，马厄并没有惊艳到西蒙娜。她很早便发现他缺少哲学思维的严谨，而且在她看来，他最大的缺点在于他的野心有限，只满足于获得世俗的成功（他后来成为联合国教科文组织的总干事）。但他们之间又有着许多共同点，而且，他让她喜欢。他们之间的友谊一直持续到一九七五年马厄离世。她永远不会忘记，是他支持她的选择，一点点地帮她分析为获得独立而抗争是一件多么正确的事，帮助她更好地确定未来的目标。“遇到（马厄），我觉得找到了自我……他用自身的例子证明，我们可以在老的范畴之外，为我们自己构建一种自豪、愉快、思虑周到的生活。这恰恰也是我所希望的。”[1]

莎莎……提到她，我们的心便揪了起来。关于这段友情的故事已经是众所周知的了。她们十岁时在德西尔学校相

1. 引自《一个规矩女孩的回忆》。——原注

识。从那时起，两个小女孩一放假，来到各自的度假地，一个在加涅潘，一个在梅里尼亚克，便开始通信。一九二七年九月，后在一九二八年，西蒙娜都曾小住在莎莎家里。她们变得越来越亲密。一九二九年是她们关系最亲近的时候。莎莎终于从母亲那里获得了许可，开始准备攻读古典文学的学士学位，于是她们一起泡在索邦大学和讷伊圣马利亚学院的图书馆。莎莎想方设法地希望摆脱家里的专制约束，她的家庭一直秉持正统的观念。家里人不允许她继续求学，想让她接受安排好的婚姻，无爱的婚姻。紧紧围绕她的是“污泥般的命运”，这让两个女孩感到恐惧。西蒙娜用尽全力支持莎莎，给她最炽热、最温柔的关心，而拉库万太太对她的敌视也越来越难以掩藏。因为这位笃信天主教的资产阶级太太痛恨知识分子，讨厌这些总与“出身名不见经传”的高师学生一起打网球的索邦大学的穷学生。他们之中，也包括梅洛-庞蒂。不久之后，爱恋悄然萌生在两位挚友心中，西蒙娜喜出望外。莎莎一定会幸福的！她不断地鼓励莎莎去体验、去争取这份爱情，当莎莎面对家里人无休无止的激烈反对时，

de départ ! Marie-Thérèse et Germaine ce soir, maman et Vincent dimanche prochain, moi et le reste de la bande le Vendredi 4 Octobre, j'ai cédé à une crise de timidité et de frayeur ridicules. Je me disais ~~tous~~ que si dans cinq minutes M.P devait être auprès de moi je m'enfuirais n'importe où tant la pensée de ce premier revoir m'étouffe. C'est absurde, je le sais bien. Cette nuit je me suis raisonnée, j'ai relu vos lettres et les siennes, j'ai pensé moi aussi à Paris avec beaucoup de nostalgie et de douceur. C'est trop étouffant de se représenter les gens, je revois les choses, je vais de la place du Théâtre Français à la Nationale et de la Sorbonne au Luxembourg. Je monte la rue de Latour et j'essaie de situer la maison de votre grand'mère. Dites m'en vite l'adresse exacte, que je puisse dès Samedi si c'est possible ou dès le dimanche 6 aller voir votre installation nouvelle et la chambre où j'espère passer avec vous de si précieux moments. C'est effrayant tout ce que j'ai à vous dire. Voici presque quatre pages remplies et il n'a été question strictement que de moi et de vous. Je sais que tout le reste continue d'exister, musique, livres, théâtre et même les gens, je vais retrouver tout cela avec vous, avec lui avec toute cette puissance nouvelle qui jaillit de moi

Simone la vie est belle et je vous embrasse de tout mon cœur tout plein de vous

Zaza

Je suis confuse de mon étourderie. Mademoiselle Beauvoir qui attend votre visite habite:

Collège Sainte Thérèse

1 rue Boinod XVIIIe

-10-

Page d'une lettre de Zaza adressée de Gagnepan à Simone de Beauvoir (24 septembre 1929). À la fin on lit : « Simone la vie est belle »

-11-

Élisabeth Lacoin (Zaza) au balcon de la rue de Berri (1929)

-12-

Zaza (1929)

10

莎莎从加涅潘寄给西蒙娜 · 德 · 波伏瓦的信（1929年9月24日）。在信件末尾，莎莎写道：“西蒙娜，人生是美好的……”

11

伊丽莎白 · 拉库万（莎莎），拍摄于贝利街的阳台上（1929年）

12

莎莎（1929年）

她安慰她，鼓励她。而莎莎所深爱的母亲，态度极为坚决，不允许她嫁给一个未经家族认可的，甚至可以说是“没有社会地位的”高师学生。在生命的最后几个月里，莎莎一直生活在难以摆脱的纠结中，惶惶不可终日。而梅洛-庞蒂犹豫不决，又诸多顾虑，西蒙娜无法原谅这样的一个梅洛-庞蒂，他对莎莎的支持绵软无力，最终她妥协了。一九二九年十一月二十五日，她急病发作，骤然离世，令人惊骇。想起她们俩九月、十月的最后几次见面，该是多么让人伤心欲绝，她们似被蒙上了双眼，完全无法预料可怕的未来。西蒙娜那时还抱着幻想，总觉得还有希望。而我们，到二〇〇八年再去重读的时候，我们知道十一月二十五日这一天就是终结的日子。十一月十五日写在《青春手记》上的最后几句话，写的是“幸福的海狸”。而后，从十一月十五日至十二月十二日，空白。沉默。其间发生的一切不忍诉说。

最后，请注意一点。《一个规矩女孩的回忆》分为四个部分，每一部分的最后一个词，后两部分为“死亡”，第一部分为“莎莎”，第二部分为“诉说”。

时间

评论家、研究者纷纷指出，萦绕在西蒙娜·德·波伏瓦作品中的时间具有某种悲剧意味。时间这一基本结构反复地在《青春手记》中表现出来，或者是以显性的形式成为意识的外现，或者是以隐性的形式成为所经历之事的理论依据。从何时开始的？最开始，似乎是始于她明确地意识到自己是一个人，独立于其他人，始于原先她与别人的无差别烟消云散，孩提时的永恒消失不再，始于她自伊甸园往下坠，受到不可抗拒的推力，落到主体性与时间性之中。无忧无虑的时光结束了。无论是过去或是将来都不会破坏这个孩子的当下。她在她所在的地方，她加入，当场、立即。从此，对过去的懊悔，对未来的忧虑侵蚀着当下，这便是老去的征兆。没错，我们都曾是孩子，而毫无过渡地，进入了衰老的前期。其实这就是读《青春手记》得出的结论，也让我们不止一次地感到错愕。“我感到自己老了”，当这句话不断地重复、萦绕心头的时候，我们如何能不受到触动呢？注意！这不是无痛呻吟，既不是为了博眼球也不是自怨自艾。这位感到衰老的年轻女孩，她说这句话时无比严肃。她总是这样写道："我年轻的时候"（她十八岁），"我的老年"（她二十岁），"如今不能再说长大，而应当说老去"（她十九岁）。从四十岁、五十岁开始，在我眼里的这种"时间性神经症"便在催她老去，我觉得很不可思议，事实上她美得耀眼、充满活力，一天，我问西蒙娜·德·波伏瓦：什么时候第一次感到自己老了？她回答说："十二三岁的时候……"好吧。就像有一次谈到这个话题时，梅洛-庞蒂反驳她说："哦！海狸，您总是比实际的年龄更成熟！"

让我们好好想一想。衰老，虽然是衰退、减弱，却是与个体意识、自我意识的觉醒相伴而生的。若一个人激动地发现我存在在这里——这里有一个人，那个人就是我！——这一欣喜的发现起初如闪电般划过，从很小的时候开始发觉，终有一天彻底驻扎下来，从某种意义上来说，这意味着走向终结的开端。正如萨特所说，也许我们都是"受害的哺乳动物"，还未走出困境来好好地利用这场突然向我们袭来的灾难，这场灾难名为思想。因为思想与"不再"（never more）所带来的痛苦如影随形。这种情感一直存在，并激起少女西蒙娜内心的波澜。她无法接受赫拉克利特关于流逝的残酷论断："过去的每一分每一秒都会消逝不再""我无法相信这样一种一去不复返……""我生命的这一刻，我再也无法经历"。即使最幸福的经历，她也从中感受到失去："生命处于永恒的更替中，这一点我无法适应。"永恒的更替？这同时意味着：永恒的消逝。"在每一个值得感恩的瞬间，当整个人充满着生命的气息，让人激动得落泪，充满着波涛汹涌、难以估量的激情……的时候，我一边体味着这些感动，而另一边，死亡的念头紧紧地攫住我。"每一刻，死亡抓住了生命。西蒙娜·德·波伏瓦作品中的深层次动力，便是她内心互相排斥又同样浓烈的极端情感所产生的永久张力：对存在的激动、对虚无的恐惧，这两者永远处于对立的共存中。这一张力始终是紧绷的。虚无无法削弱存在，存在也无法战胜虚无——无法承受的悖论，如同一把插入意识之中的匕首。"逝去是可怕的，持续也是可怕的——无法消失在每一分钟里是可怕的，每一分钟都会消失也让人害怕"（一九二七年七月二十二日）。

于是，活着，宽恕，老去，就需要改变自己原先的想法，因为在青春所提供的众多可能之中，要选择，也就是说要自我约束，自我毁坏，从而实现那仅有的、唯一的可能。这就是颠扑不破的真理：omnis definitio est negatio。[1]或者说，不确定始终是不确定的（而非无限的），没有任何一种存在能被界定，又或是说，一种存在出现，它即它本身而非其他，受制于某一种特定的规定或限制。西蒙娜对这一必要性深恶痛绝，她是极端主义者，她想要的，不是所有便是无。当然更想要的是所有。不过，她在瓦莱里的书[2]中读到："我们中诞生了好几位苏格拉底，但是死去的只有一位。"用萨特的话说："活着，便是缩小成有用性。"她并不是无动于衷地接受这些的（流了多少眼泪啊，多伤心！）。完全不同于自我选择，难道就是要放弃吗？她能接受吗？每一个当下都是对昨日的抛弃，那么将来便是对所有过去的抛

1. 拉丁文，一切规定都是否定。
2.《欧帕里诺斯》。——原注

弃吗？她痛苦地说：“在这样的未来里，我再也与从前不同了……”她对本体论的看重让她无法接受这样的论断，她会为所有的舍弃痛哭不止。人无法存在，人只能生存，用现实的有限性来换取可能的无限性，看起来令人满意，但用她的名言来说，就是“被骗了”[1]。好吧，这就是衰老，从光辉的潜在性落入唯一的现实中，而其实，这从很早以前便开始了。然而，现实、将来都充满着诱惑……必须尽力活下去。于是她反抗，她反击。怎么做？热烈、忠实，用尽一切。

热烈。既然时间在无数遗忘、死亡、抛弃形成的虚无中流逝，那么消逝的每一秒注定都变得格外珍贵，构成永恒的每一瞬间具有了绝对的价值。她无比地热爱生活，珍视每一份日常的小小快乐：杜伊勒里花园里的闪烁灯光，塞纳河中的倒影，卖紫罗兰的侏儒对她的友善，香榭丽舍大街绚烂的黄昏，热巧克力带来的慰藉。“不存在我生命之外的上帝，

1. 引自《事物的力量》。——原注

我的生命也并非通过自己的铺陈完成自我创造，而是**在每一个瞬间**，一切都重新开始。因此，世界的美好，我的财富，我的爱、痛苦、欲望，还有我的力量，以及所有的书籍、绘画、音乐，**一切都在我眼前飞逝**。”

这里，她与纪德所说的“纯洁”很类似，对自我和世界的全然掌握，享受、抢夺每一个瞬间。不过，若是瞬间出现了空音，变得无趣，成了一种被消磨的时间，她会奋起反抗。因此，有一天，她在雷恩街家里的厨房机械地洗盘子时，好几次都出现了可怕的直觉：女人的一生，像她母亲那样，停滞、消散在家务的灰烬、日常的琐碎之中。她断然地拒绝经历这样的命运。“我想要的是不断吞噬的生命。”

忠实。她害怕一旦改变就意味着对自我的否定，曾经的孩童消失了，变成了少女，在将来，曾经的少女消失了，变成了女人，而少女或者女人都不可避免地背叛曾经的那个她。她不断地与自己签下不容悔改的协议，继续着那些早已不再之事，不顾是否合理，只因为那些都曾存在过，留住那些在时间的推移中根本无法挽留的，为此筋疲力尽。这便是她保持异于常人的忠实的原动力，包括对待朋友，不论发生多大的分歧，或是与某些人（斯蒂法，之后的奥尔加，等等）的友谊已经名存实亡。这也是为何她会如此执着地沉浸在对表兄雅克的非理性爱恋之中。这也是为何她如此地热爱自然："面对风云变幻的天空，忠实不同于抱残守缺，衰老并不一定是自我否定。"[1]

化零为整。最终，为了对抗时间，她努力用尽自己的一切。努力地复现时间的三个维度中存在的每一个阶段。她出生，她为自己生存。"诞生，作为与自在的出神关系，作为过去的先验结构，它是自为的存在规律。"[2]这条难以接受的"存在规律"，她会想方设法地使其黯然失色。过去不应被消解，坠入虚无之中，她不愿失去过去，但同样热切地，她也渴望崭新的一切，迫不及待地期待未来。"**每一分每一秒都是这样，都是至高无上的时刻**，那些被遗忘的味道，那

1. 引自《一个规矩女孩的回忆》。——原注
2. 引自《存在与虚无》。——原注

些书籍，我触碰的只是它们的灵魂，在一个个相似的夜晚里被揭去面纱，而名字早已被遗忘，还有我的那些思想都存在着，但既没有踪影也无法被找到，不过都曾经历过，成了永恒。**与时间无关**。我开始感觉到这种精妙的直觉。两年来，我已经在奥秘之境中走得很远。”

解决办法呢？被放置在时间横轴上的每一个瞬间，都必须不间断地拾取、再现、包裹住整个过去，让无法形成整体的时间形成一个整体。不可能实现的愿望，应该明确表达出来吗？不过，即便怀着这样的愿望，也并不非要付诸行动，期待实现也不意味着非要坚持到底。具体说来，摆脱时间的桎梏，对西蒙娜来说，主要的办法就是走进文学殿堂。她渴望成为作家的另一个原因便在于此。在《青春手记》中，她不断地把各个部分集为整体，以此来把握住时间的流逝。她偏执地热衷于做小结，生活或思想的小结，喜欢对未来做规划、计划，细致地安排自己的日程。一切会、将会重新开始？都无所谓，海狸拥有着无限的勇气、能量、果敢。她喜欢付出努力。

后来，我们知道，穷尽一生，她热烈、忠实、倾尽全力，她想要“让瞬间之火燃烧起来”：面对美好世界的震惊、兴奋、忧虑，无论是走在路上还是长途旅行，痛苦地封闭内心体味独处或群体聚会时的热闹或孤寂——圣维克多山的日出，撒哈拉沙漠沙丘上的亮光，古罗马广场的落日，古希腊神庙的残缺，奇琴伊察的玛雅金字塔，抵抗运动的一致，一九五五年十月一日中国的人潮，清晨闹铃响起时，不同地点、不同时期的事件奇迹般地交叠在一起，透过舍尔歇街公寓的窗户纷至沓来。无以数计的瞬间，酒精助兴的聚会，独自一人的阅读，聆听音乐。还有悄悄地与文学为伴的幸福时光。默默地渴望爱情滋润的时候。于是出现了她所追寻的：“被攫住”“被侵袭”“被抓紧”，就像一头被困在高潮中的野兽。然后，从反身的诅咒中挣脱出来，从死亡中挣脱出来，在宛如永恒的无时间性的片段的复活中，不可接受的凡人状态被废除了。

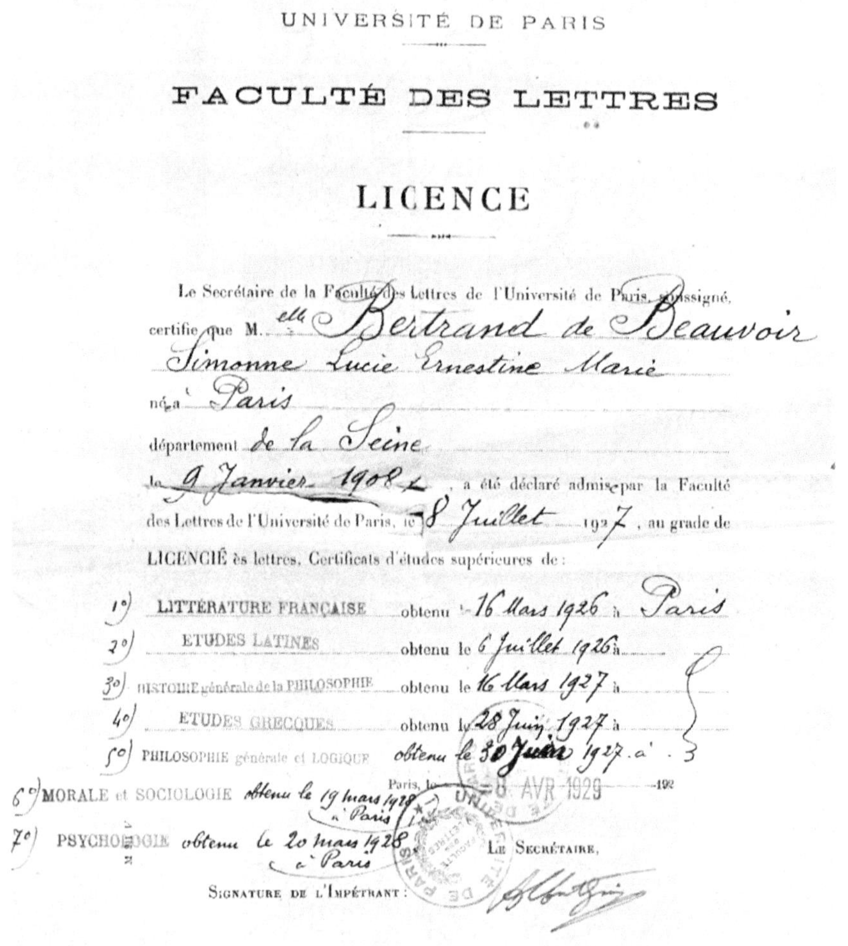

UNIVERSITÉ DE PARIS

FACULTÉ DES LETTRES

LICENCE

Le Secrétaire de la Faculté des Lettres de l'Université de Paris, soussigné, certifie que M.elle Bertrand de Beauvoir Simonne Lucie Ernestine Marie

née à Paris

département de la Seine

le 9 Janvier 1908, a été déclarée admise par la Faculté des Lettres de l'Université de Paris, le 18 Juillet 1927, au grade de LICENCIÉ ès lettres. Certificats d'études supérieures de :

1°) LITTÉRATURE FRANÇAISE obtenu le 16 Mars 1926 à Paris

2°) ETUDES LATINES obtenu le 6 Juillet 1926 à

3°) HISTOIRE générale de la PHILOSOPHIE obtenu le 16 Mars 1927 à

4°) ETUDES GRECQUES obtenu le 28 Juin 1927 à

5°) PHILOSOPHIE générale et LOGIQUE obtenu le 30 Juin 1927 à

Paris, le 8 AVR 1929

6°) MORALE et SOCIOLOGIE obtenu le 19 mars 1928 à Paris

7°) PSYCHOLOGIE obtenu le 20 mars 1928 à Paris

Le Secrétaire,

Signature de l'Impétrant :

ACADÉMIE DE PARIS

Agrégation de Philosophie

CERTIFICAT de STAGE PÉDAGOGIQUE

Le RECTEUR de l'Académie de Paris,

Vu les arrêtés des 18 juin 1904 (article 1er), 26 juillet 1906 et 7 juin 1924,

Sur le rapport de M. le Doyen de la Faculté des Lettres de l'Université de Paris, et de M. Rodrigues professeur au Lycée Janson, chargé de l'apprentissage professionnel, constatant que :

Mademoiselle de Beauvoir,

candidate à l'Agrégation de Philosophie,

a accompli régulièrement le stage pédagogique prescrit par les arrêtés ci-dessus,

Délivre à Mademoiselle de Beauvoir le présent Certificat.

Paris, le – 6 MAR 1929 192

-13-

Certificat de licence : lettres classiques et philosophie (8 avril 1929)

-14-

Certificat de stage pédagogique effectué en janvier 1929 par Simone de Beauvoir au lycée Janson-de-Sailly

13

古典文学与哲学学士文凭（1929年4月8日）

14

1929年1月西蒙娜·德·波伏瓦于让松·德·萨伊中学完成教育学实习的证书

雅克

雅克-夏尔·尚皮涅勒

（一九〇七至一九五五年）

西蒙娜和雅克是嫡亲的表兄妹，从小便认识。“八岁，我们因爱而结合。”十七岁，她把他拉入自己的行动中，整整四年，也是自我构建关键的四年。这也成为深刻改变她人生大厦的重要砖瓦。

他们俩之间年龄差距不大，但雅克走在她前面很多。他对当代文学非常熟悉，读过纪德、科克托、巴雷斯、瓦莱里、克洛岱尔、弗朗西斯·雅姆、于勒·拉福格，看过卡特尔四人联盟（杜兰、巴蒂、儒韦、比叶托夫）和高波的先锋剧演出，他把读到、看到的一切告诉自己的小表妹，这个他称之为“西蒙”的一无所知的小女孩。“我不知所措、为之目眩、欣喜不已。”[1]她如饥似渴地阅读这些令人震撼的作品。如果说之前文学只是她提高修养的工具，那么现在文学第一次进入她最隐秘、最热烈的内心，直击她的灵魂，席卷她，冲击她，这些作家“附在耳边”向她诉说。她永远地享受着这种特权，并将其作为写作的目标之一。一九二六年，她的存在完全改变了。

雅克还为她打开了另一扇大门。她去圣马利亚学院听罗贝尔·加利克的法国文学课。雅克向她介绍加利克创立的团队，其目的在于以基督教的理念通过组织一些文化活动来拉近工人与学生之间的距离，由此消除阶级之间的壁垒，就如一战战壕的苦难中显示的那样。西蒙娜激动万分："服务！"这个词在她的内心激起了强烈的回响：被一项任务所需要。加利克没有逆来顺受，而是做出了自己的人生选择，她从中认出了自己。就像我们年轻时常常做的那样，她把启示和带给她启示的人混为一谈，她兴奋不已，对加利克怀着一种浪漫的情愫。她于一九二六年七月加入美丽城的女性团队，她用通信的方式给贝尔克的病人上课。从十二月开始，

1. 引自《一个规矩女孩的回忆》。——原注

她的热情有所减退，她已经预感到这样的理想是不切实际的，而她做的这些事也不值一提。但这一经历却深深地影响了她。

终于，雅克这个富有的年轻人，继承了家族于一八三二年创办的彩绘玻璃工厂[1]（他自小丧父），他“体验过”，他见多识广，男男女女，绘画，艺术，他领着循规蹈矩的小女孩入门，其实他扰乱了她的心：她第一次和他一起进了酒吧。是蒙帕纳斯的斯特力克斯酒吧。

醉心于杜松子酒的巴黎之夜

炽热的电光。

——阿波利奈尔

1. 巴黎小王宫入口圆形大厅的四扇小圆窗出自尚皮涅勒家族之手（1900年），而雅克于1934年根据让·迪帕的设计，亲自为诺曼底号邮轮的大沙龙创作了装饰艺术风格的磨光玻璃壁画。壁画由四幅油画组成：《绑架欧罗巴》《阿佛罗狄忒》《忒提斯的战车》和《波塞冬的战车》。其中一幅曾在纽约大都会博物馆展出。——原注她或一个人重回这里，或与其他人结伴，她想要相信在酒吧和夜总会的诗意世界里，掷一次骰子，偶然便会被消解。在斯特力克斯、骑师、维京人、罗同德里，她与自身的某些东西相遇了，这些东西一直在她身上，再也不会消失，即便后来她摒弃了原先对于神奇之事的热爱。雅克、文学、艺术、酒吧在她眼里都是璀璨夺目的。不过，对于海狸的诞生，雅克所作的最大贡献是，他是她第一个爱恋的对象，这不是雅克愿意的，雅克不知道，也不想知道。因为他，她受了多少折磨，多少痛苦，流了多少眼泪！其实，并不是他让她承受痛苦，而是她因为他自寻痛苦。整整四年，尽管她残酷地否认事实，尽管她心存疑虑，尽管有时一丝清醒无情地闪过她的脑海，但她还是围着这个迷人的有产青年筑起了一方不容摧毁却得不到回应的想象世界。说起来，在这个想象的世界里，没有性，她对雅克没有肉欲的渴望，那时候谈性还是会让她害怕。她在他身上看到的只是如大个子莫林一般纯粹的兄长，她告诉自己要爱他，他有着深邃又不安的灵魂，他是一位诗人。他写作，他创造，他爱她，他们无需言语便能互相理解。她幻想……幻想着有朝一日别人称呼她为尚皮涅勒太太，成为蒙帕纳斯大道一四三号独栋府邸的女主人，养育几个孩子，和雅克缔结婚姻，表面看与常人无异却又是独一无二的婚姻。当然，她也会写作，绝不能放弃。

一九二八年和一九二九年，独立的进程在加快，而这种精神分裂式的迷恋却给这一进程造成了阻碍。她很早之前便察觉到雅克的弱点——除了他只字不提爱或婚姻之外，他远非纯洁，他的酒吧冒险平庸而乏味，当偶然得知他的这些经历时，过于浪漫的表妹不知所措，原先的幻想也开始动摇。突然，她窥见到了他原本的模样，没有一丝滤镜：那么不严肃！那么轻浮！这些小把戏，牌桌上的胡言乱语……而且他懒惰又懦弱。与她学校里那些真诚又刻苦的同学相比，他何足挂齿？可每次，幻想又会孜孜不倦地沁入她的心头，挥之不去，神话又会被重构。同时，“时间性神经症”在扰乱她的心神：“过去和我难舍难分，这么长时间以来，我多么强烈地希望将过去带进未来！”[1]她从不掩饰，这段爱情是她自己精神的臆造：“雅克不存在，是我自己编造出了一个他”，但这样的洞察力并没有什么作用。必须等到一九二九年九月，雅克为金钱而结婚，不再惦念她，她才能彻底放弃，从这场漫长的迷恋中完全走出来。于是最后的牵绊也不复存在了。

如何理解这段虚幻的罗曼史？不要相信一些无关紧要的解释：对抗在家里感受到的孤独，青春懵懂的爱情，将媒介与信息、手段与产物混为一谈。雅克是藤田嗣治、凡·东根、塞尚，雅克是克洛岱尔的《金头》、奈带奈蔼、科克托、里维埃、傅尼耶、马塞尔·阿尔兰、拉尔博，雅克是她喝的鸡尾酒，他是于尔叙利纳电影院、帕布斯特或阿贝尔·冈斯

1. 引自《一个规矩女孩的回忆》。——原注

的电影，他是秋季沙龙，整个二十年代丰盈的世界。并不是说这些解释有误，而是这些解释远远不够。

那么来说说，想象世界。这个表述很准确。因为这段幻想的爱情，她体验到了某些小说里可以读到的，同样也是虚构的、热情似火的经历。这些特定条件下的体验，就像所谓的真实体验一样具体、令人晕眩、结构清晰，而真实体验本身也充满了想象。这场虚幻的游戏有着重大的意义，尤其是在青春岁月。借助想象投射所带来的幻觉力量，西蒙娜不断地探索陷入爱情的状态。那么，即便是一段得不到回应的爱，那又如何？“雅克，就是我”——她大致上这么说，对他的爱，是生存的加速器，预测的加速器，存在-虚构的加速器。往后，她可能拒绝当尚皮涅勒太太的人生，她之所以不愿意，那是因为她看清楚了缘由。这避免了多少冲突，又节约了多少时间！在现实生活中做选择的时候，已经认识到在虚幻中摸索的陷阱和盲区都是死胡同。无论如何，女人结婚、育儿，这样的命运是既定的事实，理所当然地源于她的处境和所受的教育："我以后嫁给雅克，不是出于自由的选择，而是各种境况把我们拴在了一起。"她有所顾忌，不会一下子、一头热地盲目拒绝，但没有下定决心前，她会先尝试再拒绝，是体验过、思考过后的拒绝，她终于清楚地知道自己对世界的期待和对自己的期待是什么。

因此，这是借助虚幻对存在进行试验，对每个人都必不可少，西蒙娜则把这种方式运用到了极致，而且收获颇丰，从"我们被塑造"超越到"我们被塑造后的产物被塑造"。由此成长起来的西蒙娜-海狸，改变了，披上了铠甲。而且，《青春手记》总体而言相当于一种存在-虚构，在这本书中，她探索了自己内心的各个角落，以及各种可能的生活和爱情，例如，短短几行字里，她"体验"了一种与朋友巴比尔的生活息息相关的存在，这预示着她在与一个男人的完整关系中所抱有的期待，而只有萨特满足了这种期待。她满腔热情地自我抗争，付出努力，战胜了外在与内在的敌人，心花怒放。"那时，我时刻准备着轰击一打坦克，而不是一辆。”[1]

雅克的未来？悲惨。白小懦弱，他一事无成。当上玻璃厂主之后，干了几件大事，可后来因为过于冒进，投机失败，家业破产，二战之后，他又开始酗酒，年纪轻轻就离开了人世。西蒙娜身边的两个人遭遇了悲剧的命运：莎莎和雅克，一个离世，另一个堕落。

1. 引自《岁月的力量》。——原注

-15-

Jacques-Charles Champigneulle, « le cousin Jacques », en 1930

-16-

Lettre de Simone de Beauvoir à son cousin Jacques

(La Grillère, 1er septembre 1929)

15

雅克-夏尔·尚皮涅勒，“表兄雅克”，拍摄于1930年

16

西蒙娜·德·波伏瓦写给表兄雅克的信（写于格里埃尔，1929年9月1日）

Dimanche 1er septembre 1929

Jacques

tu ferais aussi bien de m'écrire –

dis moi quand tu seras à Paris et que je pourrai te revoir – il se passe dans ma vie trop de choses pour que les accepter sans te faire au moins un signe ne soit pas te mentir; tant j'avais pris l'habitude de vivre devant toi à cœur ouvert –

jusqu'ici l'idée de ton existence faisait le monde et ma conduite différents de ce qu'ils auraient été sans toi – si après ces longs mois tu entends encore qu'il en soit ainsi, c'est le moment de me le faire sentir

je suis à La Grillère – St Germain les Belles – Hte Vienne jusqu'au 20 septembre environ; si je désirerais te trouver à Paris quand je rentrerais.

c'est sérieux – pardonne moi ou de ne pouvoir en écrire plus ou d'écrire même cela –

au revoir –

S. de Beauvoir

终点

一九二九年：终点与新的起点

“我一劳永逸地获得了独立自主，没有任何力量能从我手里把它夺走。”[1]这个二十岁零八个月的大学生用快照的方式记录下自己活跃的意识，其中有两则可以说明她许下的新诺言：“这不仅仅意味着新的一年开始，而且是一个新的循环的开始……于是我投入真正的生命历程中”，还有“意识到自我的全部力量”（一九二八年九月二十七日）。《青春手记》中反复出现一个词，“骄傲”，需要我们准确地加以解读。诚然，西蒙娜意识到自身的价值，但这既不是傲慢，也不是高人一等的优越感，更不是自负或者自恋，应该赋予这一“骄傲”以本体论的色彩，而且可以推以广之。摆出骄傲的姿态，或是想要一个骄傲的人生，首先要具备成为“最无法取代之人”[2]的意识，对我们任何一个人而言都是如此，这也证明年少的西蒙娜读了巴雷斯之后所践行的“尊重自我”是正确的。也就是说，永远不要忘记，每一个存在都有着绝对价值。降临到我身上的机会是独一无二的，因为我不会再有其他机会，因为这个机会是唯一的、不可比拟的、与众不同的。因此，对待这一机会得极其慎重，不应放弃而拱手让与他人。“我的生命不再是一条规划好的路……亦步亦趋地跟在别人身后。这是一条从未开辟的路，只有我自己才能一步步地走出来。”骄傲，意味着自我满足，独立，更确切的是，康德所说的自主，即坚持自身存在的理由，立于自身生命的中心。而在“与雅克结合的生命”中，她慢慢地使这样一种要求变得更加坚定：她并不要求这份爱、爱的对象成为人生的目的，而是想要“答案”。“很少有女人这样”，她注意到。骄傲，是为自我而生存，尤其是靠自我而生存。就是了解一切风险的缘由并接受风险，承受“自由生存所艰难赢得的荣耀”[3]。就是“没有人能帮助我存在。我

1. 引自《岁月的力量》。——原注
2. 语出纪德。——原注
3. 引自《第二性II》。——原注

不会向任何人要求任何东西”，写下这句话之后，依照这句话来行动，与黑格尔所说的扬弃异曲同工。也许在这里，我们触及的是海狸身上最值得赞赏的东西，包括所有时期合在一起的海狸：她所怀有的信念、她所坚持的真理，以及她私下的或是在公共领域的行为是全然一致的。她的生命，她在思考它；而她的思想，她在经历它。萨特都无法做到这点，至少在私人范畴里：他的思想大胆，富有创见和革新精神，他的个人生活却又过于符合传统的范式，甚至在他自己看来也颇值得指摘，而这两者之间常常发生矛盾。

当我们合上《青春手记》的最后一页，一个独立自主的人于一九三〇年出现了，被冠以一个全新的名字：海狸。构建者海狸。坚挺的支柱撑起了她的世界，围墙已经建起。她毫不犹豫地决定将人生掌握在自己手中。这一胜利，她只归功于自己，不依赖任何其他人，当然也包括萨特。如果说到现在还有必要去证明西蒙娜·德·波伏瓦的人生选择、她的基本思想，她存在的脊柱、她成为作家的志向，所有这一切都不应归功于萨特的话，那么《青春手记》便是很好的证据。西蒙娜·德·波伏瓦从未想过将这些手记付梓，其中的记录都是无可辩驳的。因为早在认识萨特之前，她便沿着自己的生命轨迹，自主地构建了自我，这才使他们的相遇成为可能，而他们的相遇又成就了最不同寻常的互相欣赏。如果想要为他人而活，那么必须为自己而活，而不是反其道行之。并非因为她选择了萨特，她才成为西蒙娜·德·波伏瓦，而是因为她已经变成西蒙娜·德·波伏瓦，她才选择了萨特。

-17-

Partie de canotage au bois de Boulogne. Simone de Beauvoir (à droite) avec les sœurs de Gandillac (6 juin 1929)

17

布洛涅森林里的划船活动。西蒙娜·德·波伏瓦（右）与冈迪拉克姐妹（1929年6月6日）

-18-

Simone de Beauvoir à La Grillère (août 1928)

-19-

Carte postale d'Uzerche envoyée à Sartre par Simone de Beauvoir et René Maheu (7 septembre 1929)

18

西蒙娜·德·波伏瓦，拍摄于格里埃尔（1928年8月）

19

西蒙娜·德·波伏瓦和勒内·马厄从乌泽什寄给萨特的明信片（1929年9月7日）

萨特

“选择他人的同时完成自我选择。”

青春岁月中的她，饱尝了多少孤独之苦！她是多么热切地渴望能找到一个与自己相当的人，最好是找到一个值得欣赏的人！“我清楚地知道，真正能成为一切、理解一切、与我手足情深又与我相当的人是不存在的”，一九二七年她这样慨叹道。雅克，她爱他，但对他的欣赏并没有持续很久。梅洛-庞蒂，她对他既不是爱也没有欣赏。马厄，很有男性魅力，但一点不值得赞赏。只有萨特，爱情与欣赏融为一体，形成了一种斯丹达尔式的缠绵。少女时代内心呼唤的理想男人，曾如此期盼着的另一个自我，就这样有血有肉地存在着。而萨特，他具备吸引她所必需的“一点疯狂”。他们之间曾像照镜子似的，立刻辨认出了对方。她选择了他。他选择了她。之后她给他写信：“您是我的绝对存在”，而他也在一九四八年时说：“您是唯一一个我如是爱着的人，没有欺瞒。”几个星期的时间，他们的一切便连结在了一起。

“一切都发生得那么快”，一位议员在法国大革命后曾这样说。而一九二九年，对他们俩来说，一切也都发生得那么快：

七月：他们准备教师资格考试的口试。

八月：他们通过考试。萨特与她一起在利穆赞度过了十天。

九月：她在巴黎第一次住进了独立的房间。

十月：他们缔结了“不论出身的婚姻”。

十一月：莎莎去世。

西蒙娜·德·波伏瓦欣然同意与萨特创造一段不合乎传统的关系，走出一条别人不曾走过的路。然而，开始这样的冒险，两人的起点却并不公平。因为她是女人，她遭遇的困难与不幸会成倍地增多，而不走平常路所带来的风险，是萨特未曾估量过的。但这不是理由，她大胆又骄傲，喜欢冒险，甚至不畏遭遇伤害，把一切看得云淡风轻。因为这个决定，她却把自己完完全全地置于风口浪尖。他们拒绝婚姻，这是双方约定的事。但不止于此：她接受了为期两年的“契约”，两年之后萨特打算去日本。她沉浸在幸福中的同时，接受的是不确定性、不安全感、可能重新落入孤独的未来，这才是更让人焦虑的。她不会知道，她赌上自己的一切，她也将收获一切，而曾让她担心的短暂的两年会变成悠长的五十一年，整整一生。要想碰上这样的运气，需要胆量与内心的坚定。只有读过《青春手记》，才能明白她为何以及如何为获得这样的运气而作准备。但对萨特来说，几乎没有任何风险可言。这得益于他的男性身份。社会、时代、传统、文学赋予他的一系列角色和身份，使他有可能怀抱像“街头艺人”般体验无数偶然经历的渴望——他改头换面，成了周游世界的作家、流浪汉、生活放纵的艺术家，甚至品行不端的坏小伙，被人唾弃的贱民，与好几个情人纠缠不清的文人墨客，硬把情人写进作品的剧作家，等等。他的男性境遇与个人选择之间没有矛盾，他不是在进行一场豪赌。但对她来说，的确是一场豪赌。无论面对外面的舆论，还是面对自已，在这样的情况下，萨特都无需进行任何抗争，也无需解决任何冲突，所有一切都是无拘无束的，一切对他而言都是理所当然，他只是沿着一直以来自己规划好的路线走而已。再者，他像一种“冻鱼”[1]，他发觉自己的过去使他无法全身心地投入自己所经历的事物中，当然这称不上无动于衷或是真正的冷漠。他的内心有一道鸿沟，生生地将他与自己的情感割裂开。如果说他是敏感的，他又不能全情投入，这是一种情感缺失，情感冷淡，他不应受到指责，而更值得同情，但这样一个事实也带给他诸多便利。我们都知道，对他来说，他未来的作品比他的幸福更重要。和一般人不同，他承诺的很少，付出的很多，但最终他的私生活还是过得肆意洒脱。“我用我的方式对你忠诚，西娜拉。”

我们知道，海狸因其本性会徘徊在情感的另一极。她热

1. 语出萨特。——原注

情、易激动、易受伤、易偏激，她投入这个世界，赤身裸体，不带铠甲。对她来说，所有的一切都只会变得更困难、产生更多问题："对我来说，我赌上的可是我的全部。"从他们交往一开始，她便清醒地看到除了两个人的相似点之外，他们还有着截然不同的地方。尽管不同并不影响他们之间的亲密关系，但必须承受和面对——努力的重任只能落到她的肩膀上，没错，支撑她的是对萨特无比的信任。我们也不要指望她会在赌局中作弊。这种诚实带着一种英雄气概，她直视现状，不自欺欺人，激情百倍地接受共同的存在，这是对过去四年来最珍视的胜利——她的独立自主——的严峻考验。她勇敢，从不欺骗自己，比如掩饰困难，对最不愉快的事视而不见。相反地，她大胆预料到最坏的结果。"我不害怕"，她写道。不害怕承担所有的风险，无论社会的还是个人的，道德的、情感的还是智性的。让我们向这份英勇致敬。她愿意选择最困难的，她为之付出，而面对困难，她绝不逃避。"我需要一种严酷的人生。"

英勇：“一个人不会被痛苦、困难、工作吓退的勇气”，这是字典上的定义。一点没错。而一种无法用价值衡量的所得让她觉得天平重获平衡。她选择萨特，除了欣赏之外，还因为他理解她，赞同她，支持她，鼓励她，激励她继续这项她已经进行了四年的创举，因为他肯定了在她看来绝对有价值的事：写作的意愿。十五岁开始，这一意愿便已萦绕在她心头，几卷小说的草稿慢慢使愿望成真。《青春手记》中到处可见她对写作、对写成一本书的念想：“我渴望写作，我渴望把一句句话写在纸上，把生活中的琐事写成句子。”如果说她彻底放弃了所有的宗教信仰，但其实她并没有摒弃绝对。请不要相信那些恶意的解读，不应从中看到对上帝的怀念，仿佛上帝就是绝对的原型。并不是因为她怀念上帝，所以她才追求绝对；而是因为她内心深处原本就有一种对绝对的渴望，受其成长环境的影响，她一度将这种渴望假托为上帝的形象，将其当作一种本质要求的非本质载体。上帝消失，但绝对的要求永存，这次表现在尘世而非天上：

“文学在我的生活中占据了宗教曾经占据的位置。”[1]而且，在所有被宗教巧妙蒙蔽的无法实现的人类愿望中，对绝对的渴望并不是唯一的，还有比如长生不死，不劳而获，永远快乐，这些渴望都长久地淹没在对天堂的深信不疑中，但也可以从中走出来，用其他的一些想象来得以满足。不过对于少女西蒙娜来说，宗教永远地结束了。“我厌恶这令人窒息的宗教。我曾深受其苦。我永远不会再相信它，无论我的内心还是我的理智都让我远离它。我不会后悔。”读完这些话，我们不应再误解一九二八年四月那段不同寻常的带着神秘主义色彩的经历，这丝毫不意味着回归宗教，而是出于一种形而上的直觉，其价值值得怀疑，用她自己的话说，就是胡言乱语。如果是神秘主义，那一定是别的对象，她谈到自己和萨特时写道：“我们是两个神秘主义者……我们是作家。”[2]

1. 引自《一个规矩女孩的回忆》。——原注
2. 引自《岁月的力量》。——原注

她与萨特相处的基础，一定是这句话，“孪生的印记，刻在我们的额头上”。与萨特相比，西蒙娜·德·波伏瓦的特别之处在于，面对截然相反的两种假定，写作与生存，她不想放弃任何一种。两者对她来说都意义重大：存在是幸福，写作是必需，一边是令人着迷的偶然，一边是拯救自我的迫切。将自身的存在当作写作的对象，由此她部分走出了困境：“只有文学才能为瞬间的绝对存在、瞬间的永恒正名。”[1]文学是唯一能传达不可交流之物的交流形式：对生活的热爱，在表现这点的同时也能超越时间的断裂、意识和情景的分割。

也许有必要通过概念化的方式，为读者进行一种直指问题核心的知识重构，而不是唤起一种难以名状的独特体验。于是，以普遍性为目的，小说家摇身一变，成了随笔作家、

1. 引自《文学有何为？》（1965）。——原注

哲学家，对西蒙娜·德·波伏瓦来说，在这两种表达方式之间，无关选择，也无关偏好。文学与哲学并不矛盾，两者互为补充，有时她需要文学，有时又需要哲学。

“我想要一个伟大的人生”，十九岁的时候她这样写道。若我们相信阿尔弗雷德·德·维尼的话，“伟大的人生不就是人到成熟之年实现年少时的愿景吗？”[1]

1. 引自《桑马尔斯》。——原注

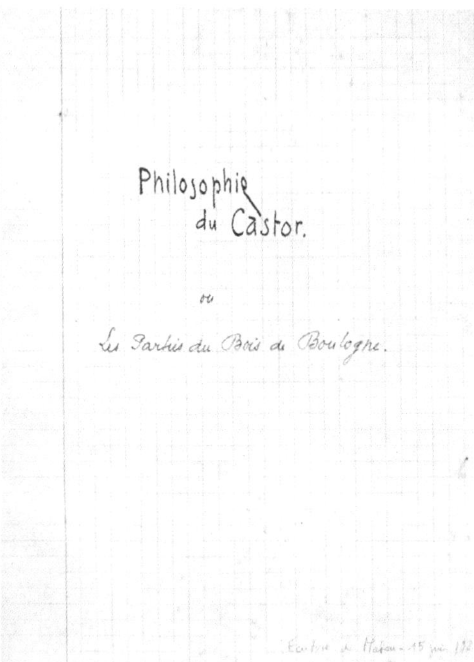

-20-

Dessin de Nizan dédié « à Mlle Simone de Beauvoir » (1929)

-21-

Page de garde d'un cahier d'agrégation de Simone de Beauvoir avec, de la main de René Maheu, le titre « Philosophie du Castor ou Les Parties du Bois de Boulogne » (15 juin 1929)

20

尼赞献给“西蒙娜 · 德 · 波伏瓦小姐”的画作（1929年）

21

波伏瓦准备教师资格考试的笔记本环衬页，上有勒内 · 马厄亲笔题写的“海狸的哲学或布洛涅森林的聚会”（1929年6月15日）

-22-

Jean-Paul Sartre en 1929

-23-

Dessins de J.-P. Sartre dédiés « au Castor»

22

让-保罗·萨特，拍摄于1929年

23

让-保罗·萨特献给“海狸”的画作

幸福的危机

“他人的突然出现直击自我的核心。”[1]

正当年轻的女人沉浸在幸福之中，以为自己赢得了一切时，戏剧性的事情发生了：龙卷风袭来，撼动了大树，吹弯了树枝，动摇了树根。可她无力将其连根拔起。

爱情，幸福，那么神圣却还是被击中，也让人看到它们所带来的不幸。多么矛盾，曾经为得到它们而付出那么大的努力，之后却要为摆脱它们而抗争。曾经是为了自己行使自由，之后却必须行使自由对抗自己。从此以后，她不再相信幸福：“幸福是一种很危险的东西”（一九二六年八月六日），如何能在保全自己的同时付出自己的一切？从一九二九年到一九三〇年，这样的危险成了真切的现实，让西蒙娜·德·波伏瓦经受了诸多内心纠结、与自己难以和解的痛苦。她害怕沉入极乐的梦乡，而这一次，她也没有自欺，她没有伪装，她没有欺骗，她承认危险，她认识到危险，却没有将危险降到最低。“我会得到幸福而不迷失自我吗？”以这种方式得到满足，难道不是一种死亡吗？

在这一关键时期，至少有三个原因使西蒙娜不堪重负：她不仅无法写作，甚至不再觉得有写作的必要，她沉浸在幸福之中，她的生活只剩下闲暇。然后，与萨特、与才华横溢的“小伙伴们”的交锋狠狠地打击了她的自尊。她怀疑自己的价值，她恨不得就此放弃。最后，她从性的维度重新发现自己的身体，这使她满足，让她着迷，她感受到她的需求，她的欲望是无法被掌控的，这是“天性”的一部分，也是自由遇到的障碍。这一切形成了一个黑色的星座，在某些时刻，侵袭了她的整片天空。无论对错，年轻的女人害怕违背自己，否认自己的过去，屈服于曾强烈排斥的不能自主的状态。“我失去了骄傲，而因此，我失去了一切。”接着她又评论说：“从我自身来说，我曾停止生存。”[2]她会是一个为了爱情放弃

1. 引自《存在与虚无》。——原注
2. 引自《岁月的力量》。——原注

自身独立的女人，仅仅满足于成为男人的伴侣而过着寄生虫一般的生活吗？她害怕，她懊悔，痛不欲生。在这个意义上，我们才能理解最后几页她写下了“我有罪！我有罪！”这并不是向宗教观念的倒退，而更像是表达一种存在的崩塌，与对神的超越无关。“我有罪”意味着她犯下了——她所认为的——在她的道德观念看来最严重的错误：她放弃了自己。

在这里，我们还是不要弄错了看待问题的角度。如果问题以这种形式向她提出，显然原因在于她是女人，但她所面临的冲突不是属性的冲突，反映的不是两性之间的斗争，而是人类生存中固有的哲学层面的冲突，是每个人，无论男女，在爱情、幸福、舒适、安逸或任何其他情况下都不得不面对的冲突，在这些情况下受到诱惑而放弃，懦弱地屈服于其他男人或女人，放弃掌握命运的自主权。于是，他会沉沦、堕落、毁灭，而不是站在自己生命的中心。[1]西蒙娜·

1. 海明威在《乞力马扎罗的雪》中也提及过一个男人类似的经历。——原注德·波伏瓦对这一危急情况的反应很强烈，因为她的过去，因为她的极端主义，这些都为她提供了解决自我冲突的强大武器。但再次重申，这种冲突并不是女性所固有的，在一个完全平等的社会中也不会消失，它与不同意识之间的冲突有关，与他人的存在有关，与爱和幸福的本质有关，尤其对一个要求严苛的人来说。所以说，如果她做出妥协，尽管事实上她并没有，那么“这就是贬低自己。我的整个过去反抗这种贬低”[1]。

《青春手记》恰好止于这场危机，西蒙娜当时对此抱着悲观的态度。但是请不要误会：这里的结束并不是一个结论，它只是一个简单的定格，就像在影片的开头，是一个连续过程中的偶然部分。读者必须牢记这一事实。自我的诞生，在经历了这次磨难之后，将带着新的决定性选择，重新开始新的创造。无论如何，不存在固化的、确定的自我。

1. 引自《岁月的力量》。——原注

“这是一种缓慢的恢复过程，开始于一九三一年春天，正当我必须决定接下来该干什么的时候。”[1]于是她接受了去马赛当教师——确实称得上是流放，却也是一场拯救，因为在重建的孤寂中，她创造了一种更强烈、更丰富的独立自主。生存之伟业将再次起航。

1. 引自《岁月的力量》。——原注

Eugène officiel
graveur en taille douc
René Maheu.

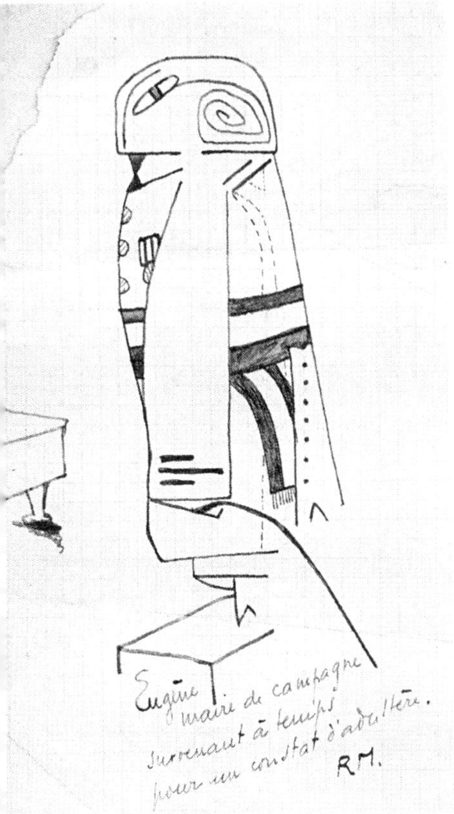

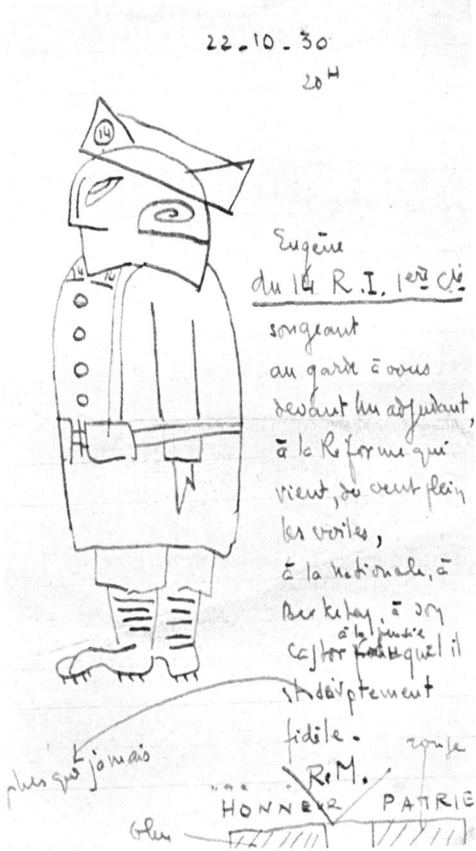

-24-

René Maheu, « le Lama» (1928)

-25-

« Eugènes » divers : dessins de René Maheu

24

勒内 · 马厄，“拉马”（1928年）

25

各种各样的“欧仁”，勒内 · 马厄所作

结论

合上这些手记，我们依然徜徉在梦中。

我们想到了自传中那份非同寻常的坦诚，想到了《一个规矩女孩的回忆》《岁月的力量》《事物的力量》，想到了这本《青春手记》。不，西蒙娜·德·波伏瓦用文学创作回溯过去，奋力抓住这段青春岁月，不让它掉进遗忘的旋涡，她不断书写，竭尽作家之责，她从未背叛过那个热切地寻找自我的小女孩。她曾说，她是那么心心念念地想要复活那个青春年少的自己，而经过了数次无果的尝试，一步一步地，在相当长的时间里，才终于达成。她的所有作品时时回响着青春的乐章。

除了困扰她的疑虑，我们想到了她在二十岁时信誓旦旦写下的话："很奇怪，我坚信这样的丰富将会被接受，这些话都会被言说、被听见，这样的生活将成为许多生命汲取能量的源泉。我坚信这就是我的使命。"尽管我们不是预言家，如今一切都已尘埃落定，未来也已明晰，将成为作家的未来也已过去，但我们在这字里行间徜徉的时候，依然不由得为之惊叹。她对未来怀着怎样的信心！况且，这些手记的意义不就在此吗？让我们惊叹，让我们不得不正视这样一个事实：尽管她青春年少，但是其实当她让青春流诸笔端的时候，她已经成了她未来将要变成的样子，她也曾在生命的尽头为我题词，写下了这样一句话：“海狸，即西蒙娜·德·波伏瓦”。

西尔维·勒邦·德·波伏瓦